熊寶寶趣味階梯閱讀

3至4歲

早上好

新雅文化事業有限公司
www.sunya.com.hk

熊寶寶趣味階梯閱讀（3 至 4 歲）
早上好

作　　者：譚麗霞
繪　　圖：野人
責任編輯：黃花窗
美術設計：陳雅琳
出　　版：新雅文化事業有限公司
　　　　　香港英皇道 499 號北角工業大廈 18 樓
　　　　　電話：（852）2138 7998
　　　　　傳真：（852）2597 4003
　　　　　網址：http://www.sunya.com.hk
　　　　　電郵：marketing@sunya.com.hk
發　　行：香港聯合書刊物流有限公司
　　　　　香港新界大埔汀麗路 36 號中華商務印刷大廈 3 字樓
　　　　　電話：（852）2150 2100
　　　　　傳真：（852）2407 3062
　　　　　電郵：info@suplogistics.com.hk
印　　刷：中華商務彩色印刷有限公司
　　　　　香港新界大埔汀麗路 36 號
版　　次：二〇一七年七月初版

ISBN: 978-962-08-6834-4
© 2017 Sun Ya Publications (HK) Ltd.
18/F, North Point Industrial Building, 499 King's Road, Hong Kong
Published and printed in Hong Kong

導讀

　　《熊寶寶趣味階梯閱讀》系列的設計是用簡短生動的故事，幫助孩子識字及擴充詞彙量，並從中學習簡單的語法及日常生活常識。這輯的故事是專為三至四歲的孩子而編寫的，這個階段的孩子剛開始識字，請父母先跟孩子共讀這些故事數次，然後讓孩子試試自己認字及朗讀。每一本書都精選一些常用字和基本句式，幫助孩子培養閱讀習慣，學會獨立閱讀並愛上閱讀，逐步增強自己的語言及思考能力。

語言學習重點

　　父母與孩子共讀《早上好》時，可以引導孩子多學多講，例如：

❶ **學習禮貌用語**：當你在早上、中午或傍晚遇上親友時，你應該怎樣跟他們打招呼？

❷ **學習有禮貌地稱呼不同年齡的親友**：例如：國明哥哥、惠儀姐姐、王叔叔、陳阿姨、蔡爺爺、林奶奶。

❸ **學習一些動物的名稱**：除了故事中的動物之外，家長可以再教孩子一些森林中的動物及海洋裏的動物名稱。

親子閱讀話題

　　當父母跟孩子一起閱讀時，不要急着把一本書快快讀完，應把握良機，與孩子多談談。以這個故事為例，在跟孩子閱讀之前，可以問問他早上見到家人鄰居或是老師同學時，有沒有跟別人打招呼，別人的反應如何？在朗讀故事期間，也可以讓孩子用已知的故事情節，對下一步會發生什麼作出預測。孩子猜對或猜錯並不重要，重要的是讓他發揮自己的想像力，表達自己的意見與感受。

　　　　　　　　　　　　　　　　　　　　　　　譚麗霞

天亮了，太陽升起來了！

xióng bǎo bao gēn xióng mā ma qù sēn lín cǎi lán méi
熊寶寶跟熊媽媽去森林採藍莓。

5

「松鼠哥哥姐姐早上好！」
熊寶寶笑着打招呼。

松鼠們也笑着說：「早上好！
熊寶寶真可愛！」

「猴子叔叔阿姨早上好！」
熊寶寶笑着打招呼。

猴子們也笑着說：「早上好！
熊寶寶真乖！」

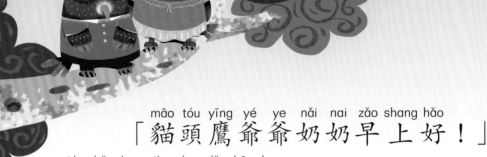

māo tóu yīng yé ye nǎi nai zǎo shang hǎo
「貓頭鷹爺爺奶奶早上好！」

xióng bǎo bao xiào zhe dǎ zhāo hu
熊寶寶笑着打招呼。

xū xióng mā ma shuō māo tóu yīng
「噓！」熊媽媽說：「貓頭鷹

yé ye nǎi nai wǎn shang gōng zuò bái tiān shuì jiào wǒ
爺爺奶奶晚上工作，白天睡覺。我

men bié chǎo xǐng tā men
們別吵醒他們！」

貓頭鷹爺爺奶奶睜開眼
睛，笑着說：「早上好！熊
寶寶真有禮貌！」

Good Morning

P.4 It is bright out. The sun is up!

P.5 Bobo Bear is going blueberry picking in the forest with Mama Bear.

P.6 "Good morning, Brother and Sister Squirrel!" Bobo Bear greets them with a smile.

P.7 "Good morning," reply the squirrels. "How cute Bobo Bear is!"

P.8 "Good morning, Uncle and Auntie Monkey!" Bobo Bear greets them with a smile.

P.9 "Good morning," reply the monkeys with a smile. "How nice Bobo Bear is!"

P.10 "Good morning, Grandpa and Grandma Owl!" Bobo Bear greets them with a smile.
"Hush," says Mama Bear. "Grandpa and Grandma Owl work at night and sleep during the day. Let's not wake them!"

P.11 "Good morning," say Grandpa and Grandma Owl, opening their eyes with a smile. "How polite Bobo Bear is!"

語文活動

親子共讀

1 講述故事前，爸媽先把故事看一遍。

2 講述故事時，引導孩子透過插圖、自己的相關生活經驗、故事中的重複句式等，來猜測生字的意思和讀音。

3 爸媽可於親子共讀時，運用以下的問題，幫助孩子理解故事，加深他們對新字詞的認識；並透過故事當中的意義，給予他們心靈的養料。

建議問題：

封面：從書名《早上好》，猜一猜故事是發生在什麼時候，熊寶寶會在早上做什麼。

P. 4：猜一猜現在是幾點。

P. 5：猜一猜熊寶寶和熊媽媽在森林裏會遇到什麼。

P. 6：請跟着熊寶寶向松鼠哥哥姐姐打招呼。

P. 7：松鼠哥哥姐姐在做什麼？

P. 8：請跟着熊寶寶向猴子叔叔阿姨打招呼。

P. 9：猴子叔叔阿姨在做什麼？

P. 10：請跟着熊寶寶向貓頭鷹爺爺奶奶打招呼。貓頭鷹爺爺奶奶在做什麼？

P. 11：貓頭鷹爺爺奶奶怎樣稱讚熊寶寶？

其他：你認識哪些哥哥姐姐、叔叔阿姨、爺爺奶奶呢？

在不同時候，你會怎樣跟人打招呼？例如：下午、晚上、逛街時、放學時。請模擬向別人打招呼的說話和方式。

4 與孩子共讀數次後，請孩子以手指點讀的方式，一字一音把故事讀出來。如孩子不會讀某些字詞，爸媽可給予提示，協助孩子完整地把故事讀一次。

5 待孩子有信心時，可請他自行把故事讀一次。

識字活動

請撕下字卡，配合以下的識字活動，讓孩子掌握生字的字形、字音和字義。

指物認名：選取適當的字卡，將字卡配對故事中的圖畫或生活中的實物，讓孩子有效地把物件及其名稱聯繫起來。

★ 字卡例子：太陽、松鼠、哥哥

動感識字：選取適當的字卡，為字卡設計配合的動作，與孩子從身體動作中，感知文字內涵的不同意義，例如：情感、動作。

★ 字卡例子：升起、打招呼、可愛

字源識字：選取適當的字卡，觀察文字中的圖像元素，推測生字的意思。

★ 字卡例子：眼睛、睜開，用圓點標示的字同屬「目」部；阿姨、姐姐、奶奶，用圓點標示的字同屬「女」部

句式練習

準備一些實物或道具，與孩子以模擬遊戲的方式，練習以下的句式。

句式：角色一：_____ 早上好！[可配合動作，如：揮手、微笑、點頭。]

角色二：早上好！_____ 真 _____。

例子：角色一：爸爸早上好！

角色二：早上好！孩子真有禮貌。

字形：像人的眼睛。（象形）
字源：最初，不但畫上眼珠、眼眶，連瞳孔也畫出。漸漸不畫瞳孔，眼眶變成長方形，而且橫放變成直放，眼珠就變成兩條橫線了。

字源識字：目部

字形：像古代婦女跪坐時的樣子。（象形）
字源：古時候，在椅子還沒有發明以前，人們坐在蓆上，習慣屈膝而坐。女子跪坐時，雙手交叉放在腹前，坐姿較男子畏羞得多。現在把交叉的部分寫在下面，把原來身體的部分寫成一橫放在上面。

字源識字：女部

識字遊戲

　　待孩子熟習本書的生字後，可使用字卡，配合以下適當的識字遊戲，讓孩子從遊戲中溫故知新。

眼明手快：選取一些字卡，排列在桌子上。一位成人負責發出指示，例如：「請取『松鼠』字卡。」請孩子與同伴或另一位成人比賽，看誰能最快從桌子上找出「松鼠」字卡，讓孩子從遊戲中複習字音和字形。

小貼士 每次選取不同組合的字卡，並排列在不同的位置。

有口難言：選取一些字卡，並放在神秘袋內，請孩子抽取一張字卡，並根據字義，用表情、身體動作、口語描述等形式表達出來（但不能直接說出字卡上的字），請爸媽猜猜是什麼，讓孩子從遊戲中複習字義。

小貼士 遊戲初期可選字義較具體的字卡。

來配對：選取「哥哥」、「姐姐」、「爺爺」、「奶奶」、「叔叔」、「阿姨」的字卡，逐一展示家人或親友的照片，請孩子選出正確的字卡為人物配上適合的稱呼，讓孩子從遊戲中複習字義。

小貼士 可預備白卡，寫上額外的稱呼供孩子選用。

松鼠

猴子

貓頭鷹

早上好
早上好
早上好

哥哥

姐姐

叔叔

早上好
早上好
早上好

阿姨

爺爺

奶奶

早上好
早上好
早上好

們

眼睛

太陽

早上好
早上好
早上好

晚上

早上好

白天

早上好

天亮

早上好

升起

早上好

打招呼

早上好

睜開

早上好

工作

早上好

吵醒

早上好

可愛

早上好

乖

早上好

有禮貌

早上好

了

早上好